¿Por qué debo...

comer de forma saludable?

DATE DUE

Jackie Gaff

Fotografías de Chris Fairclough

everest

Diseñador: Ian Winton
Ilustrador: Joanna Williams
Asesores: Pat Jackson, Professional Officer for School Nursing, The Community Practitioners' and Health Visitors' Association.
Título original: *Why Must I Eat Healthy Food?*
Traducción: María Nevares Domínguez

First published by Evans Brothers Limited.
2A Portman Mansions, Chiltern Strret, London W1U 6NR.
United Kingdom
Copyright © Evans Brothers Limited 2005
This edition published under licence from Evans Brothers Limited.
All rights reserved.
© EDITORIAL EVEREST, S. A.
Carretera León-La Coruña, km 5 - LEÓN
ISBN: 978-84-241-7882-6
Depósito legal: LE. 730-2007
Printed in Spain - Impreso en España
EDITORIAL EVERGRÁFICAS, S. L.
Carretera León-La Coruña, km 5
LEÓN (España)
Atención al cliente: 902 123 400
www.everest.es

Agradecimientos:
La autora y el editor agradecen el permiso para reproducir fotografías a: Corbis: p. 8 (Gareth Brown/Corbis), p. 16 (Jennie Woodcock; Reflections Photolibrary/Corbis), p. 23 (Jean-Yves Ruszniewski; Tempsport/Corbis); Getty Images: p. 29 (The Image Bank); Science Photo Library: p. 24 (Alfred Pasieka/SPL).
Fotografías de Chris Fairclough.

También agradecer a las siguientes personas su participación en el libro:
Alice Baldwin-Hay, Heather y William Cooper, Ieuan Crowe y la plantilla y alumnos del colegio de primaria de Presteigne.

Contenidos

¿Por qué debo comer sano?

Si comes sano, tu cuerpo también estará sano. La comida es la gasolina que te proporciona energía.

Tu cuerpo necesita comida para construir y arreglar células. Tienes células de piel, de músculos, de huesos y de sangre: cada parte de tu cuerpo tiene un tipo de células.

La comida es la gasolina que te proporciona energía para todo.

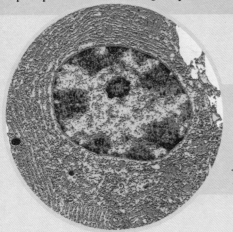

Las células que componen las diferentes partes de tu cuerpo son muy pequeñas para verlas. Esta foto de una célula humana se hizo con un **microscopio**.

Fábricas de comida

Tu cuerpo no puede fabricar su propia comida. Sólo las plantas pueden hacerlo. Cogen agua y otros nutrientes del suelo, y un gas llamado dióxido de carbón del aire. Después usan la energía de la luz del sol para convertirlos en comida.

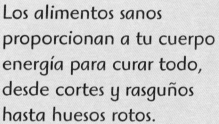

Los alimentos sanos proporcionan a tu cuerpo energía para curar todo, desde cortes y rasguños hasta huesos rotos.

Tu cuerpo quema la energía de la comida siempre, incluso si estás quieto.

Despierto o dormido, la gasolina que te mantiene vivo y sano proviene de tu comida.

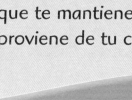

5

Vamos a comer

Tu cuerpo tiene su propio reloj. Cuando tienes hambre, sabes que es la hora de comer.

A veces, si tienes hambre de verdad, te duele el estómago.

Un desayuno completo es una buena forma de comenzar el día.

Para estar cargado de gasolina, tu cuerpo necesita tres comidas apropiadas al día: desayuno, comida y cena.

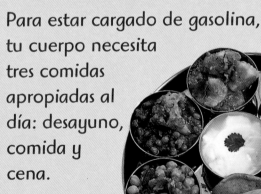

No importa mucho lo que comas en cada comida, siempre que las comidas de cada día compongan una **dieta equilibrada**.

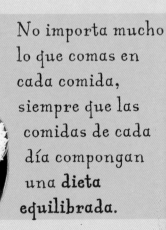

CONSEJOS

- **Intenta desayunar poco después de levantarte.**

- **Come apropiadamente tres veces al día.**

- **No comas un tentempié justo antes de la comida.**

Está bien picar algo si tienes hambre durante el día, pero intenta escoger algo sano.

Un plátano es un tentempié sano y saciante.

7

¡Salud!

Cortar y ablandar, exprimir y batir: tu cuerpo tiene que trabajar como un robot de cocina cada vez que comes.

La forma en que tu cuerpo desmenuza la comida se llama **digestión**.

Empieza en tu boca, cuando tus dientes desmenuzan cada bocado en una mezcla suave y blanda.

Los bebés tienen pocos dientes. Sólo pueden comer aquello que haya sido triturado antes.

Al tragar la comida baja por un tubo a tu estómago. Este tubo se llama **esófago**.

Tu estómago bate la mezcla de alimentos hasta que es líquida, como la sopa.

CONSEJOS

- **Ayuda a tu digestión: mastica a fondo tu comida antes de tragarla.**

Cuando la comida está lo suficientemente líquida, sale del estómago para ir a los intestinos. Aquí es donde tu cuerpo extrae los nutrientes que necesita de los alimentos.

Ni que sobre ni que falte

El intestino es un tubo largo que une el estómago a tu ano.

La primera parte del mismo se llama intestino delgado. La parte más baja se llama intestino grueso.

En el intestino delgado, los alimentos que comes se hacen trocitos todavía más pequeños. Los nutrientes importantes de la comida, pasan, entonces, a través de las paredes del intestino y son **absorbidas** por tus vasos sanguíneos.

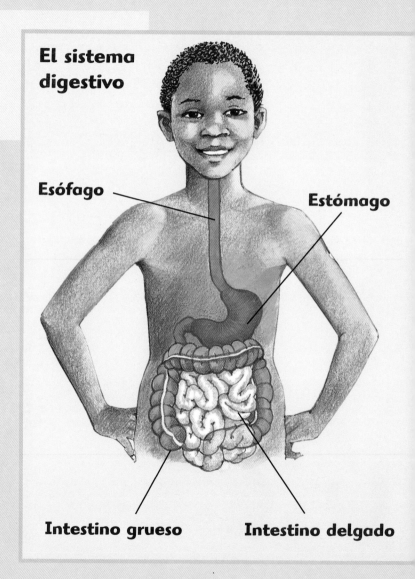

El sistema digestivo

Esófago

Estómago

Intestino grueso

Intestino delgado

La fruta tiene mucha fibra, que ayuda a la comida a moverse con facilidad a través del intestino.

Alguna comida no puede ser digerida. Pasa al intestino grueso. Tu cuerpo se deshace de estas sobras, o desperdicio, cuando vas al baño.

CONSEJOS

- **Come mucha fruta y verdura.**

- **Recuerda lavarte siempre las manos después de ir al baño.**

¡No te olvides! Lávate las manos para limpiarte los gérmenes después de ir al baño.

Alcanzar la excelencia

Una manzana o un trozo de queso, todos los alimentos contienen algún tipo de nutriente.

Hay seis clases principales de nutrientes: agua, **carbohidratos**, **grasas**, **proteínas**, **minerales** y **vitaminas**. Tu cuerpo usa algunos para conseguir energía, y otros para crear y arreglar células.

Visión nocturna

¡Las zanahorias te ayudan de verdad a ver en la oscuridad! Están llenas de vitamina A, que ayuda a tus ojos a adaptarse a los cambios de luz.

El agua es un nutriente muy importante. Sin ella, tu cuerpo no podría convertir otros nutrientes de los alimentos en energía.

Tu sangre es un río de agua que circula a través del cuerpo, transportando todo tipo de nutrientes a tus células.

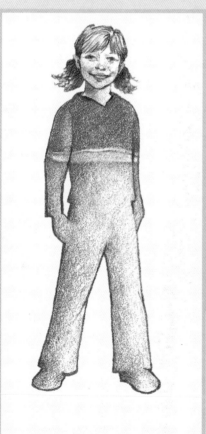

La mayor parte de tu cuerpo está hecho de agua (azul en este dibujo).

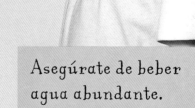

Asegúrate de beber agua abundante.

13

Tu energía

¿Te quedas sin energía a menudo? ¡Quizá estás comiendo cosas equivocadas!

Tu cuerpo consigue la mayor parte de su energía de dos tipos de carbohidratos: **azúcares** y **almidones**.

La mayoría de los alimentos dulces contienen azúcar, pero la fuente más sana de azúcar es la fruta.

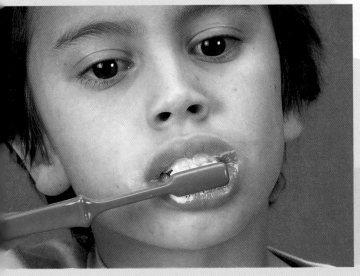

Intenta lavarte los dientes tan pronto como termines de comer alimentos dulces.

Los azúcares se digieren más rápida y fácilmente que los almidones. Esto significa que los azúcares te dan una explosión de energía, pero los almidones duran más.

Así que, si sigues quedándote sin energía es que, probablemente, necesitas comer más almidones.

Tienen almidón el pan, los cereales, el arroz y la pasta.

La vitamina C

La fruta es una gran fuente de vitamina C, que te ayuda a mantener sanos tus dientes y encías, y fuertes tus huesos y músculos. También ayuda a tu cuerpo a luchar contra las enfermedades.

Puntos grasos

Necesitas consumir un poco de comida grasa, pero comer demasiada es malo para ti.

El problema de la comida que tiene demasiadas grasas y azúcares es que sabe muy rica. Si comes demasiada, tu cuerpo almacenará grasa y engordarás.

Comer demasiada grasa cuando eres joven puede producir enfermedades, como las de corazón, cuando seas mayor.

Reserva las cosas dulces como pasteles y galletas para las ocasiones especiales.

Las hamburguesas tienen mucha grasa, así que no las comas a menudo.

Las galletas y alimentos fritos saben muy bien, pero tienen mucha azúcar y grasa. Conviértelos en un capricho muy especial no comiéndolos muy a menudo.

Consumir demasiada azúcar puede perjudicarte de otras formas. El azúcar también puede estropearte los dientes.

CONSEJOS

- **Intenta no comer alimentos que tengan demasiada grasa.**

Alimentos que te ayudan

Tu cuerpo necesita proteínas para construir todo, desde las células de los músculos y huesos hasta las células del corazón y los pulmones.

También necesitas proteínas para que las distintas partes de tu cuerpo funcionen correctamente y para arreglarlas si se estropean.

Todos tenemos accidentes. Tu cuerpo no podría curar cortes y rasguños si no tuviera proteínas.

Necesitas comer bastantes proteínas cada día, pero no te preocupes, hay muchos alimentos entre los que puedes elegir. Entre los alimentos con proteínas están la carne, el pescado, las legumbres, las nueces, los huevos, la leche y el queso.

Los frutos secos son muy sanos y tienen proteínas. Pero algunas personas son alérgicas a ellos.

Los productos lácteos como la leche, el queso y la mantequilla son buenas fuentes de proteínas.

La vitamina D

La leche, los huevos y el atún son ricos en proteínas. Son una gran fuente de la vitamina que ayuda a que tus huesos y dientes estén sanos: la vitamina D.

19

Mantener el equilibrio

¿Te apetecería tomar sólo pasta para desayunar, comer y cenar todos los días?

Comer siempre lo mismo no sólo es aburrido, sino que tampoco es sano.

Comer sano significa que hay que tomar muchos alimentos distintos para obtener muchos nutrientes distintos.

La pirámide nutricional hace que equilibrar tu dieta diaria sea fácil. Los alimentos que necesitas comer más están abajo. Los alimentos que debes comer poco están arriba.

Los dulces, alimentos fritos y otra comida basura contienen pocas vitaminas y minerales que sean útiles de verdad. En cambio, están llenos de grasa, azúcar y sal, de las que tu cuerpo puede saturarse fácilmente.

Si te llevas el almuerzo al colegio, procura llevarte alimentos sanos y nutritivos.

Los tentempiés sanos son mejores para ti, y te dan más energía.

CONSEJOS

- Equilibra tu dieta diaria comiendo alimentos variados.

- Intenta no ingerir comida basura, pero si no puedes, cómela sólo de vez en cuando.

Estar a la altura

La energía con la que tu cuerpo funciona proviene de los carbohidratos, grasas y proteínas.

Los científicos usan unidades llamadas **calorías** para medir la energía que tienen los alimentos. Cada gramo de carbohidratos o de proteínas tiene cuatro calorías. Pero, cada gramo de grasa tiene nueve calorías.

Es fácil tomar muchas calorías. Tu cuerpo almacena las que sobran como grasa corporal.

Una manzana grande tiene cerca de 125 calorías.

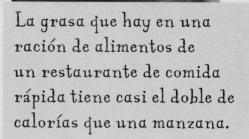

La grasa que hay en una ración de alimentos de un restaurante de comida rápida tiene casi el doble de calorías que una manzana.

Tendrías que nadar a tu máxima capacidad y sin parar durante casi media hora para quemar la energía que te da una manzana, y ¡te llevaría casi una hora quemar las calorías que hay en una ración de palomitas fritas!

CONSEJOS

- **Reduce platos como salchichas o hamburguesas.**

- **Come pocos alimentos cocinados con aceite o mantequilla.**

Intenta no comer lácteos con demasiada grasa.

Asuntos de peso

Hay personas de todos los pesos y tamaños. Algunas son altas y otras bajas. Algunas son grandes y otras pequeñas.

Probablemente te pareces a tus padres cuando tenían tu edad. El tipo corporal es cosa de familia y pasa de generación en generación.

Es divertido ver en un metro de pared lo deprisa que creces.

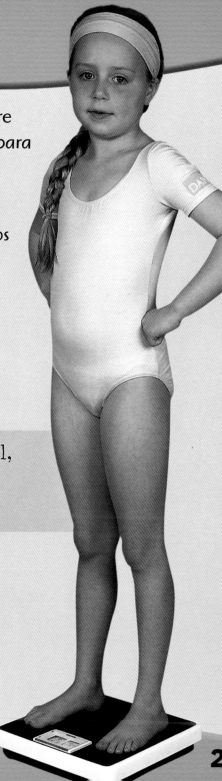

Tu peso es el resultado del equilibrio entre las calorías que comes y las que quemas para vivir, moverte y crecer.

Tu peso no depende sólo de tu altura y forma, porque algunas personas tienen los huesos más pesados que otras.

La mejor manera de mantener tu peso ideal es llevar una dieta equilibrada y hacer ejercicio.

Cada persona tiene su propio peso ideal, que es el adecuado para su edad y tipo de cuerpo.

CONSEJOS

- **Ve al médico si crees que tu peso no es saludable.**

25

Alergias alimenticias

Incluso los alimentos sanos no son buenos para todos. Hay alimentos que hacen que algunas personas enfermen de gravedad.

Su cuerpo cree que el alimento es un germen invasor y trata de combatirlo. Cuando el cuerpo lucha así con los alimentos, se dice que la persona tiene una alergia alimenticia.

Algunas personas no pueden comer algo que contenga trigo. Otras no pueden comer lo que contenga leche de vaca como el yogurt, la leche o el queso.

Una alergia alimenticia hace que a las personas les salga un sarpullido irritante, o que les duela el estómago. Una alergia grave puede inflamar sus labios, lengua y garganta, tanto que les cueste respirar.

A veces las alergias alimenticias desaparecen al crecer. Otras alergias no desaparecen nunca. Otras más, aparecen al crecer.

CONSEJOS

- **Si crees que eres alérgico a algún alimento pide a tus padres o cuidador que te lleven al médico.**

- **Si tienes alergia a algún alimento pregunta lo que hay en la comida cuando comas fuera de casa.**

Di "No, gracias" a cualquier alimento del que no estés seguro.

Sabores deliciosos

Ahora que ya sabes lo que los alimentos hacen por tu cuerpo no te olvides de disfrutarlos: la comida buena es rica, ¡aparte de ser buena para ti!

Recuerda que tu cuerpo usa los alimentos como energía. Si te sientes cansado, piensa en lo que comes y cuándo lo comes.

Habla con tus padres o cuidador acerca de los alimentos que comes. Pídeles que te ayuden a equilibrar tu dieta diaria.

¿Cargas tu cuerpo de energía comiendo tres veces al día: desayuno, comida y cena? ¿Si tienes hambre entre comidas eliges un tentempié sano para recargar energía?

La comida sana es deliciosa, así que ¡disfrútala!

Glosario

Absorber

Tomar algo o hacerlo tuyo.

Alergia, Alérgico

Cuando alguien tiene una alergia, su cuerpo es sensible a una sustancia externa y responde como si ésta fuera peligrosa.

Almidones

Los almidones son los carbohidratos que se encuentran principalmente en el pan y los cereales.

Azúcar

El azúcar es una fuente de energía. Pero también se añade a la comida. Es importante no comer demasiadas cosas dulces.

Caloría

Una unidad para medir la cantidad de energía que producen los diferentes alimentos.

Carbohidratos

Los carbohidratos son los nutrientes que dan a tu cuerpo la energía necesaria para vivir, crecer y curarse a sí mismo. Hay dos tipos: el azúcar y los almidones.

Célula

Las células son los bloques que construyen tu cuerpo, al igual que los ladrillos son los bloques que construyen una casa.

Comida basura

Son los alimentos que tienen muy pocos nutrientes útiles, pero sí mucha grasa, azúcar o sal.

Dieta

La comida y bebida que tomas día a día y semana a semana.

Dieta equilibrada

Una dieta equilibrada es aquella que tiene la cantidad correcta de todos los nutrientes necesarios para mantenerte sano.

Digestión

El proceso por el que tu cuerpo desmenuza los alimentos que comes y toma de ellos los nutrientes que necesita.

Esófago

El tubo por el que la comida baja de tu boca al estómago.

Fibra

Es un material vegetal duro difícil de digerir por tu cuerpo. Algunas personas lo llaman forraje.

Germen

Un organismo vivo pequeño que provoca enfermedades.

Grasa

Muchos alimentos contienen grasas. Es importante no comer muchos alimentos que sean demasiado grasos, aceitosos o que engorden.

Intestino

Es el tubo a través del cual pasa la comida. Empieza en tu estómago y termina en tu ano.

Microscopio

Un aparato que usa lupas para ampliar los objetos y que se vean más grandes.

Minerales

Los minerales son sustancias no creadas por organismos vivos. Muchos minerales son nutrientes.

Nutriente

Un nutriente es una sustancia que proporciona a tu cuerpo la energía o materiales que necesita para vivir, crecer o curarse.

Proteína

Las proteínas son nutrientes que te dan energía, pero su trabajo principal es ayudar a tu cuerpo a construirse y curarse.

Sarpullido

Los sarpullidos provocan manchas pequeñas que pican en la piel.

Vaso sanguíneo

Uno de los tubos por el que circula la sangre.

Vitaminas

Son los nutrientes que tu cuerpo necesita para convertir los alimentos en energía y construir células nuevas.

Otros recursos

Páginas web

www.kidshealth.org/kid/en_espanol/
Dirección centrada en los niños y en todos los asuntos relacionados con su salud y bienestar físico. Incluye varias páginas sobre una alimentación sana y recetas.

www.educacioninfantil.com
Portal de educación infantil, con artículos sobre todo lo que afecta a la salud de los niños. Posibilidad de registrarse como usario y aportar experiencias propias.

www.guiainfantil.com
Todos los aspectos de la salud infantil ordenados por temas.

www.aprenderacomer.com
Página web con todo lo relacionado con la nutrición.

Bibliografía

¿Tienes hambre?, Colección NUESTRO CUERPO, Anita Ganeri, Everest, 2004

Un cerebro para pensar, Colección NUESTRO CUERPO, Anita Ganeri, Everest, 2004

Mi primer libro del cuerpo humano, Anita Ganeri, Everest, 2005

Colección CUERPO Y MENTE, Janine Amos, Everest, 2003

Índice

Títulos de la colección

¿Por qué debo... lavarme los dientes?

¿Por qué debo... lavarme las manos?

¿Por qué debo... comer de forma saludable?

¿Por qué debo... hacer ejercicio?